NOTICE

SUR LA VIE ET LA MORT

DE M. DE RIVAROL,

PAR M#me# DE RIVAROL, SA VEUVE,

EN RÉPONSE

A CE QUI A ÉTÉ PUBLIÉ DANS LES JOURNAUX.

Non lo conobbe il mondo mentre l'ebbe
Lo conobbi io.

A PARIS,

Chez les frères LEVRAULT, libraires, quai
Malaquais, et à Strasbourg chez les mêmes.
Se trouve à l'imprimerie des ANNALES DES ARTS
ET MANUFACTURES, rue J.-J. Rousseau, n°. 11;

AN X.

PRÉFACE.

» Malgré notre innocence, et malgré la sagesse du
» roi, il trouva le moyen de le tromper.

    » Hélas ! à quoi les rois sont-ils exposés !
» les plus sages même sont souvent surpris. Les
» bons se retirent, parce qu'ils ne sont ni em-
» pressés ni flatteurs ; les bons attendent qu'on
» les cherche, et les princes ne savent guère
» les aller chercher ; au contraire, les méchans
» sont hardis, trompeurs, empressés à s'insi-
» nuer et à plaire, adroits et dissimulés, prêts
» à tout faire contre l'honneur et la conscience,
» pour contenter la passion de celui qui règne.
» Oh ! qu'un roi est malheureux d'être exposé
» aux artifices des méchans ! Il est perdu s'il
» ne repousse la flatterie, et s'il n'aime ceux
» qui disent hautement la vérité. Voilà les ré-
» flexions que je fesais dans mon malheur ».

TÉLÉMAQUE, L. II.

LES hommes, comme on voit, sont
toujours les mêmes, et tous les gouver-
nemens sont malheureusement suscep-
tibles d'abus.

2

Quand les hommes font profession d'être injustes, qu'ils se déclarent ennemis de la vérité, qu'ils renoncent à l'usage de la raison, étouffent les cris de leur conscience, usent de mauvaise foi, de supercheries, ont recours à des sophismes, à des bavardages, pour justifier la conduite qu'ils se permettent, étouffent le remords, qui ne loge jamais que dans les consciences délicates et pures : que doit-on en attendre, en espérer ? Rien. Que reste-t-il à faire ? Se bien conduire, et laisser dire.

C'est le parti que j'aurais pris s'il n'eût été question que de moi : il y a long-tems que je sais à quoi m'en tenir sur les injustices de ce monde : il existe un parti contre mon mari, dont il faut que je sois la victime ; je ne vois pas trop la justesse de ce raisonnement ; j'aperçois tout le contraire ; n'importe.

La supériorité de mon mari, qui passait de toute la tête les gens de son siècle ; ses rares talens, qu'il n'a pas, j'en conviens, employés comme il l'aurait dû, le peu de justice qu'il se rendait à lui-même, en s'assimilant à tout ce qu'il rencontrait, se prêtant à tous les travers, n'étaient propres qu'à lui créer, non des ennemis, il n'y a que les grands talens et le mérite supérieur qui inspirent l'envie, mais à donner à ses ennemis prise sur lui, à leur fournir les moyens de se réjouir de ce qu'un être aussi supérieur fût sujet à tant de faiblesses, et ne fût que le jouet de ses passions et des êtres les plus méprisables ; j'en gémissais tout bas, moi qui savais tout ce qu'il valait, et qui lui connaissais un mérite très-supérieur et de rares talens qui semblent être la seule chose qu'on prise et qu'on regrette en lui. Ces avantages n'ont donc servi qu'à lui faire plus d'ennemis que d'amis. Il avait la répartie vive et juste, savait, au milieu des écarts qu'il se permettait, retomber sur ses pieds, abus d'esprit, sans doute ; néanmoins il ne pouvait perdre l'idée du juste, aimait le beau et le bon en tout genre, et ne trahissait jamais la vérité que par mépris pour ceux qui l'écoutaient, pour se mettre à leur portée, pour obtenir leur suffrage sur une sottise dite ou faite, mais dont il n'était nullement la dupe. Que de fois il m'a dit : Mon amie, ces gens qui viennent flatter mes passions, me donner raison lorsque j'ai tort, croyant qu'ils me plaisent, que je leur en sais gré : s'ils savaient combien je les méprise ! Je hais sur-tout ceux qui me disent du mal de vous ; quand je m'emporte, que je déraisonne, ils viennent souffler le feu, m'applaudir ; ce sont-là mes véritables ennemis et les gens que je déteste le plus : ils se disent pourtant mes amis, mais je les connais ; personne n'a le courage de me dire la vérité; oh que j'estimerais un pareil homme! Si mon mari eût suivi son penchant naturel, n'eût écouté que sa raison, eût daigné valoir tout son prix, il n'aurait pas été moins jalousé, mais il aurait été plus respecté; il aurait eu un grand parti contre lui, même en ne se mêlant de rien; on aurait intrigué pour l'écarter; il eût été plus redoutable encore; il n'y a que le mérite qu'on redoute, et c'est le sien qui perçait par-tout, malgré le soin qu'il se donnait pour l'étouffer et l'annuler, qui lui a valu cette foule innombrable d'ennemis, dont moi indigne j'hérite, comme si j'eusse eu le bonheur de rendre à mon mari tout son éclat, toute sa gloire, et que j'eusse joui de tous les avantages qui en seraient résultés pour moi. Comme les pauvres mortels raisonnent, et qu'on est à plaindre d'avoir affaire à de pareils hommes!

Mon mari, qui était un excellent esprit, savait qu'auprès de gens aussi per-
vertis, il n'y avait rien à gagner en ne
fesant que le bien, en ne voulant que
le bien; mais il oubliait qu'il y avait tout
à gagner pour lui; ce n'est pas rien de
mériter sa propre estime, et mon mari
avait une superbe qualité, inhérente au
mérite, et qu'on trouve chez tous les
êtres privilégiés, de ne jamais se dissi-
muler à lui-même ses sottises et ses torts;
s'il les palliait ou en parlait légèrement,
c'était vis-à-vis de ceux qu'il méses-
timait; il était le premier à se con-
damner lorsqu'il parlait à des êtres esti-
mables et raisonnables; il était faible,
se laissait entraîner : que de fois il m'a
dit : Mon amie, sauvez-moi de......,
ne me laissez pas aller avec ces gens-là,
vous ne les connaissez pas; je suis perdu
si vous me laissez avec eux. — Et c'était
précisément ces gens-là qui me forçaient

de m'en éloigner, et qui le tenaient éloigné de moi, qui avaient juré sa perte et la mienne, jaloux sans doute du bonheur dont nous aurions joui ensemble.

Les journalistes ont spirituellement rêvé, qu'ils avaient aussi, eux, le droit de me tyranniser ; je croyais que ce mot était banni de la France ; ces gens se figurent qu'il ne tient qu'à eux de me frustrer du droit du portefaix et de la marchande de pommes, qui, s'ils se voyaient attaqués, injuriés dans leurs journaux, ne manqueraient pas d'exiger d'eux de mettre leurs réponses, leurs observations sur ces injurieuses et fausses assertions. Ces messieurs croient que je dois tout souffrir et me taire, *vous leur fîtes, seigneur, en les croquant, beaucoup d'honneur.* Ce n'est pas là ce que mes instituteurs m'ont appris ; élève des gens les plus distingués de la France ;

on m'avait enseigné une toute autre leçon : on m'avait appris la soumission aux lois , le respect pour les autorités légitimes , et le mépris de toute tyrannie , sur-tout celle que les subalternes se permettent d'exercer contre le faible qu'ils cherchent toujours à opprimer pour faire leur cour aux forts.

Tout cela est pitoyable , ressemble parfaitement à des querelles d'enfans, et me rappelle celles de mon couvent , qui roulaient sur des sujets de cette importance; l'une était plus noble, l'autre l'était moins ; l'une avait plus d'esprit, était plus jolie , plus aimable , plus fêtée et par conséquent jalousée.

L'abbé de Saint-Pierre avait-il donc si grand tort, lorsqu'il prétendait que les hommes n'avaient jamais que quatorze ans ? — Ce qui me fâche le plus, c'est de voir que parmi les feseurs d'articles de journal, il se trouve des gens en place, qui prétendent aux plus grands honneurs, qui s'y croient des droits acquis. -- Quand on veut gouverner les autres, on devrait commencer par savoir se gouverner soi-même ; il faudrait sur-tout se montrer juste et non tracassier, fanfaron, cupide et de mauvaise foi.

J'ai un trop bon esprit pour impliquer le gouvernement dans toutes ces sottises ; il ne s'en mêle pas plus que moi de ce qui le concerne ; une femme sensée ne se fourre jamais où elle n'a que faire : si je fusse née souveraine, je me serais occupée du soin de mon empire ; cette charge ne m'étant pas confiée, je laisse ces importantes affaires à ceux que cela regarde, regrettant néanmoins que tant de subalternes puissent impunément exercer sur moi un empire aussi absurde ; rien de plus redoutable que l'empire des

petits, des ignorans et des demi-savans.
Rien de plus pénible pour une personne
bien élevée que de se voir toujours
compromise avec des gens dont l'éducation a été négligée et les études mal
conduites. Avant que ce malheur me fût
arrivé, j'ignorais qu'il fût dans l'ordre
des possibles qu'on pût manquer à un
être digne , à tous égards, des plus
grands ménagemens.

On m'assure que j'ai dans mon malheur un bonheur, celui d'avoir pour
moi tous les honnêtes gens , les bons
esprits qui sont révoltés de l'empire
tyrannique qui s'exerce contre une pauvre veuve.

Je ne saurais trop demander d'excuses
au public de l'entretenir si longuement
et de si peu de chose ; qu'il ait la bonté
de jeter les yeux sur mes antagonistes.
— De pareils gens sont-ils faits pour
inspirer rien de grand, de noble , d'é-

levé, de sensé, de raisonnable, de juste, de louable? — Lorsqu'on essaie de mettre ses idées à côté de leurs menées, on est forcé d'en ternir la beauté en répondant à une langue qui leur est si étrangère.

NOTICE
SUR LA VIE ET LA MORT
DE M. DE RIVAROL,

PAR Mᵐᵉ. DE RIVAROL, SA VEUVE.

Rien n'est beau que le vrai, le vrai seul est aimable.

BOILEAU.

L'envie suit le mérite comme son ombre, et comme l'ombre prouve que la substance est réelle.

POPE.

FAITS

CONCERNANT LA VIE ET LA MORT

DE M. DE RIVAROL.

M. de Rivarol avait eu, au mois d'octobre dernier, une érésipèle dans la tête qui était devenue monstrueuse. M. de Fourmont, son médecin et son ami, médecin aussi du roi et de la reine, l'en avait guéri, et lui avait sur-tout recommandé de ne vivre que de régime ; mais on ne pouvait, à Berlin, se lasser de le voir, et sur-tout de l'entendre ; sa ravissante éloquence les enchantait tous ; il était donc toujours engagé, faisait de grands dîners, malgré les ordonnances du médecin : il s'est trouvé incommodé dès le 6 avril ; on croyait que ce n'était rien ; le mardi, le médecin son ami a déjà vu du danger ; le mercredi il était plus mal ; on a fait une consultation des trois plus habiles médecins de Berlin ; le vendredi il n'a fait qu'un cri toute la journée ; le samedi la bile a coulé dans la poitrine, la gangrène s'y est mise, et il n'a plus souffert, et dès ce moment aussi, il n'a plus eu de connaissance ; le lundi 13 avril il a expiré...... à la grande consternation et aux grands regrets de tout Berlin, sur-tout de ses amis, gens du premier mérite, et qui regardaient mon mari comme un de ces êtres extraordinaires qui paraissent de tems à autre, et comme le premier homme du siècle, sans contredit : je répète ce qu'on m'a dit sans y ajouter un mot du mien. — Cette tâche est déjà assez pénible par elle-même ; je m'en acquitte comme d'un devoir religieux dont je ne puis me dispenser, et auquel j'apporte la plus scrupuleuse exactitude. Les funérailles de mon mari ont été très-honorables ; je n'en ai pas demandé les détails ; je passe sur tout cela comme sur des charbons ardens. A la mort de cet infortuné, on lui a mis sur la figure un masque de plâtre ; on fait maintenant son buste. Je tiens ces faits de celui qui lui a fermé les yeux ; c'est un homme sage, froid, sensé, qui me paraît fort instruit, qui est homme de lettres, et à qui je soupçonne beaucoup de talent, quoiqu'il soit infiniment modeste. Il m'a assuré que je ne pouvais trop m'étendre sur l'estime, l'amitié et l'extrême admiration que mon mari inspirait à tout Berlin, et sur les vifs regrets que cette perte a causés ; il est mort dans la maison où il était descendu à Berlin, chez des gens respectables, qui en ont eu les plus grands soins. Il allait se livrer à l'étude et à l'exercice de ses talens, en tous genres si extraordinaires. Quelle perte !

De sorte qu'il résulte de la prime qu'il n'y a pas un mot de vrai du roman répandu dans les journaux sur la mort de mon mari ; la princesse russe ne s'en était pas occupée, la reine ne s'en est pas mêlée, une intrigue venue de Paris à la cour de Prusse, lui avait fermé les portes, comme on me les ferme ici par-tout à moi qui ignore toutes ces menées, comme celles qui se passent dans la lune, supposé qu'elle soit peuplée d'une espèce semblable à la nôtre ; mais il faut espérer que non : moi qui de ma vie n'ai eu l'esprit de déjouer une intrigue, je me retire avec ma courte honte, fermement convaincue que les hommes sont devenus fous. Quant à la pension, suite des mêmes menées, elle a manqué à mon mari, comme le bâton de maréchal à M. de Chevert ; l'un et l'autre y avaient des droits trop marqués pour qu'on pût les leur contester. L'étranger a sans doute cru devoir s'en rapporter à ceux qui se disaient instruits, et qui auraient dû l'être mieux, moins pour l'honneur de mon mari que pour le leur. Je suis bien fâchée de dire à M. de Rivarol cadet, dont je respecte la captivité, qui n'a rien de commun ni avec moi ni avec les faits dont il est ici question, que c'est tout du long sa faute si mon mari lui a laissé ses manuscrits, patrimoine de mon fils et seule assurance de mes reprises, qui, comme on sait, passent avant tout, car le pauvre infortuné n'a pu parler de personne et n'a pas dit un mot de son frère, ce que je tiens de celui qui lui ferma les yeux. — Quant à la farce du divorce dont il s'est prévalu pour mettre la zizanie entre le mari et la femme, il devait se contenter du parti qu'il en a tiré. Ce divorce n'a jamais été pour moi qu'une dérision, je ne crois pas au divorce ; il n'est pas dans mes principes, comme je l'ai imprimé en l'an cinq et l'an six : ce qui est clair ; de plus, je m'en étais occupée au plus fort de la terreur. Laissons ce galimathias, parlons de matières plus sérieuses ; j'ose me flatter que si l'infortuné, que je ne cesserai de regretter, n'eût pas perdu connaissance trois jours avant de mourir, il eût dit un mot de moi de préférence à son frère, dont toutes les paroles ne sont pas, comme on voit, évangile. Il peut désormais me dénigrer comme par le passé, tant qu'il lui plaira je plains les pauvres mortels qui le prendront pour juge.

Passons à d'autres tracasseries et à d'autres tracassiers ; c'est un vilain peuple que ces messieurs ; je suis comme la perdrix dans la basse-cour ; j'ai bien de la peine à me faire à de pareilles mœurs. Je suis bien peinée, pour l'amour du feseur d'articles du journal, de détruire la belle histoire qu'il avait bâtie sur le prétendu bonheur que mon mari venait de connaître avec la princesse, et auquel il avait si malheureusement échappé ; il n'y a pas un mot de tout cela : il aurait été étrange qu'un homme de ce mérite eût attendu si tard pour connaître le bonheur, et qu'il ne se fût pas trouvé une seule femme digne de lui et faite pour l'apprécier. Si le feseur d'articles du journal veut bien me le permettre, je

dirai

dirai que j'avais au moins ce dernier avantage, n'ayant jamais connu son égal et n'espérant même pas le rencontrer, et je n'ai pas toujours eu des feseurs d'articles de journal déchaînés contre moi ; ô non assurément, les gens de mérite sont bons juges et sans doute indulgens, puisqu'ils ont bien voulu m'accorder toujours leur estime et leur suffrage.

L'histoire de l'académie : voilà encore une histoire qu'il aurait mieux valu supprimer ; j'ai chez moi un petit mémoire fait de main de maître qui ne contient que des faits ; il est de mon mari : on y voyait combien l'académie a été abusée. Mais laissons dormir ces faits dans l'oubli ; loin de chercher à dénigrer les gens à talens, je voudrais, comme la jeunesse de Rome vis-à-vis de Caton, me couvrir de mon manteau pour ne pas voir les faiblesses du grand homme ; je n'envie pas le mérite, je l'aime et je l'admire.

On veut aussi que mon mari ne soit pas Rivarol, car on ne sait quelle noise chercher au mari et à la femme ; ne sachant que dire on veut ôter à ce beau génie jusqu'à son nom : messieurs, je me suis mariée, rien de plus positif ; or, pour se marier il faut des papiers de famille, j'en ai donc eu, et je puis vous certifier

que le grand père de M. de Rivarol était vrai-
ment Italien, né en Italie; qu'il s'appellait Rivarol,
et qu'il était d'une maison illustre d'Italie, comme
le sont tous ceux qui portent ce nom, trop connu
pour être usurpé; il y a mille autres circonstances que je supprime, j'ajouterai seulement qu'il
n'avait pas épousé une femme noble, mais infiniment belle, supposé que cela vaille la peine
d'être dit; il faut bien répondre à des niaiseries
par d'autres niaiseries.

Quant à moi, messieurs, j'aurai l'honneur de
vous dire que je ne suis pas née l'inférieure de
mon mari; que j'ai reçu une éducation très-soi-
gnée, et je crois qu'il n'est pas impossible de s'en
apercevoir; que j'ai toujours vu la bonne com-
pagnie, pour laquelle je suis faite; que mon res-
pectable père jouissait de la plus haute estime,
avait un très-excellent esprit, était très-instruit,
et avait de plus une probité rare et un désintéressement plus rare encore; qu'il aurait pu me
rendre fort riche s'il eût voulu, qu'il a cru bien
faire de refuser toutes les offres qu'on lui avait
faites et dont je pouvais aisément me passer,
puisque je jouissais d'une grande aisance, que je
n'avais jamais connu un désir et que je m'étais
vue idolâtrée de mon père et chérie de toutes mes

connaissances. Je demande pardon au public de ces pitoyables détails, mais les circonstances m'y forcent. Mon père était venu en France après les derniers troubles d'Angleterre, à l'âge de onze ans, amené par son oncle Georges Flint, environ l'an 1720; ce dernier, homme du premier mérite, est connu dans toute l'Europe; j'écrirai ailleurs pourquoi et comment ils sont venus en France, il suffit qu'on sache que je suis fille de réfugiés. M. le Publiciste, on pouvait donc laisser mon mari paisible possesseur d'un nom auquel il avait droit, qui lui appartenait en propre, et d'un titre qu'il pouvait prendre, sans qu'on pût le trouver mauvais. Je conviens qu'il était assez richement doué, pour pouvoir se passer de cette bluette; mais laissons-lui l'ombre, puisqu'il possédait si éminemment la substance.

Moi, chétive, je vous assure, messieurs, que je suis trop fière pour me parer ainsi des plumes du paon, si je n'y eusse des droits bien avérés : je pourrais comme vous, messieurs, me passer de la noblesse de mes pères, mais non, comme vous de celle de l'ame, en dénigrant un mort et dépréciant une pauvre veuve si dénuée, que loin de lui ravir ses avantages, vous ne devriez vous permettre d'en parler qu'avec le plus touchant intérêt.

Quant à sa servante, dont parle le feseur d'articles du journal , pour laquelle mon mari avait
avait fait des vers, Boileau, l'admirable Boileau,
en a bien fait pour son jardinier; il est vrai que le
parfum des jardins vaut mieux que celui d'une gar-
derobe ; aussi voyez-vous que mon mari qui était
homme de goût , malgré ce pitoyable abandon ,
a rendu tout cela à la fois inodore et insensé.

Quant aux cafés où M. de Rivarol allait dans
sa jeunesse, les Diderot, les Dalembert, les Rousseau , les Rameau, les Condillac, les Mably y
allaient alors ; ce jeune homme, plein de génie;
était-il donc déplacé parmi ces grands hommes,
dont il fait nombre aujourd'hui sans déparer la
bande. Quant à M. Fauche, qui veut aussi, lui,
dépouiller la veuve, il me semble que mes droits
doivent passer avant les siens; j'ai un douaire et
d'autres reprises aussi sacrées, je dois être remise
dans l'état où l'on m'a prise, et je n'étais pas
alors dépourvue des biens de ce monde. Je suis,
lasse , messieurs, de la misère, c'est une vilaine
divinité infernale que je voudrais bannir de ma
présence. Mon mari m'a un peu éprouvée comme
l'or dans la fournaise, mais je n'ai, en vérité, pas
le courage de m'en plaindre ou de lui en vouloir;
je le regrette trop, je lui suis trop sincérement

attachée pour pouvoir me permettre la moindre pensée à son désavantage ; ne troublons point sa cendre. — Mais je n'aime aucun des vivans qui me dénigrent et qui me dépouillent, et je crois qu'il est enfin tems que je jouisse de mes droits.

Mon mari précepteur ! il n'était pas très-propre à ce métier, quoique doué comme un Dieu pour remplir ces respectables et importantes fonctions ; mais il était peut-être trop riche, et n'avait pas su se fixer à un assez bon choix : vous voyez que quand cette tache lui a été imposée comme un devoir, il s'en est même dispensé : je veux parler de son fils. — Pardon, ô mânes à jamais sacrés pour moi, d'oser faire cette réflexion. J'espère que ton fils et ta veuve n'auront à cœur que de te chérir et de t'honorer par leur conduite.

Messieurs, vous pouvez me refuser tous les biens de la terre, vous les arroger, les garder pour vous, user et abuser du privilége de raisonner et de déraisonner , pour exercer sur moi un empire détestable ; mais vous ne m'ôterez pas le désir sincère de m'améliorer, ne fût-ce que pour mieux supporter vos injustes persécutions.

Mon fils, jeune homme de la plus grande espérance , est lieutenant au service du Dannemarck : je pourrais en dire davantage , il suffit pour le moment de relever l'erreur du feseur d'articles du journal.

Les œuvres de mon mari parlent tant en leur propre faveur ; qu'il ne faut que les lire pour en être enchanté et regretter l'inaction et la perte prématurée d'un aussi beau génie ; néanmoins il en sera parlé ailleurs.

Je termine par la vanité , cette faiblesse de nous tous tant que nous sommes ; passion qui l'emporte sur toutes les autres. Messieurs, en reprochant à mon mari sa vanité , vous me rappelez les augures de Rome : pouvez-vous vous regarder sans rire.

H. FLINT DE RIVAROL,
Veuve de l'homme célèbre.

NOTES.

Le feseur d'articles du journal des Débats aura peut-
être pris un sacrifice pour une lâcheté, une conduite dé-
licate pour une sottise, et sans humanité il est tombé
sur la pauvre victime. Je conçois d'après tout ce que j'en
vois et tout ce que j'en éprouve, que tout ce qui tient au
sentiment exquis, à la grandeur d'ame, à un excès de gé-
nérosité, à un sot désintéressement, doit lui paraître pué-
rile, fabuleux, chimérique: on ne fait pas bien ses affaires
quand on se pénètre, quand on se nourrit de ces grandes,
belles et nobles idées; quand on se laisse tout bonnement
aller à son penchant; quand on suit son heureux naturel,
pernicieux quand on a affaire à des gens comme le feseur d'articles du Journal des Débats.

Il existait un peuple dans la Bétique,

« Quand on lui parlait des peuples qui ont l'art de
» faire des bâtimens superbes, des meubles d'or et d'ar-
» gent, des étoffes ornées de broderies et de pierres
» précieuses, des parfums exquis, des mets délicieux,
» des instrumens dont l'harmonie charme, il répondait
» en ces termes : Ces peuples sont bien malheureux
» d'avoir employé tant de travail et d'industrie à se
» corrompre eux-mêmes! Ce superflu amollit, enivre,
» tourmente ceux qui le possèdent; il tente ceux qui
» en sont privés, de vouloir l'acquérir par *l'injustice* et

» par la violence. Peut-on nommer bien un superflu qui
» ne sert qu'à rendre les hommes mauvais ? Les hommes
» de ce pays sont-ils plus sains, plus robustes que nous ?
» Vivent-ils plus long-tems ? Sont-ils plus unis entr'eux ?
» Mènent-ils une vie plus libre, plus tranquille, plus gaie ?
» Au contraire, ils doivent être *jaloux* les uns des autres,
» rongés par une *lâche* et *noire envie*; toujours agités par
» l'ambition, par la crainte, par l'avarice, incapables
» de plaisirs purs et simples, puisqu'ils sont esclaves de
» tant de fausses nécessités, dont ils font dépendre tout
» leur bonheur.

» . . . . La fraude, la violence, le parjure, les
» procès, les guerres, ne font jamais entendre leurs voix
» empestées dans ce pays chéri des Dieux ; jamais le sang
» humain n'a rougi cette terre ; à peine y voit-on couler
» celui des agneaux. Quand on parle à ces peuples des
» batailles sanglantes, des rapides conquêtes, des ren-
» versemens d'états qu'on voit dans les autres nations,
» ils ne peuvent assez s'étonner. Quoi ! disent-ils, les
» hommes ne sont-ils pas assez mortels, sans se donner
» encore les uns aux autres une mort précipitée ! La vie
» est trop courte, et il semble qu'elle leur paraisse trop
» longue. Sont-ils sur la terre pour se *déchirer* les uns
» les autres, et pour se rendre mutuellement malheu-
» reux. » TÉLÉMAQUE.

J'observe que la France, ainsi que tous les royaumes
de l'Europe sont disposés à la paix, ce qui fait que mes
observations sont de mise, sans quoi ceci aurait pu paraître une gentillesse de ma part; mais on sait, par ce
que j'ai dit plus haut, que je ne me mêle pas de gou-

vernement ; je laisse aux esprits brouillons ces moyens usés, en nous tems si impuissans contre un torrent qui entraîne ; les hommes ne sont pas toujours en état d'entendre la raison : s'ils étaient raisonnables, aurais-je tant à m'en plaindre !

Le feseur d'articles du Journal ferait bien de profiter de cette leçon: croyez-vous, me dira-t-il peut-être, avoir les vertus de ces peuples : non, certes ; mais mon penchant qui me porte à les chérir, le goût que j'ai conservé pour ses rares vertus, pour ses mœurs pures et simples, au milieu des persécutions et des injustices, des tyrannies des feseurs d'articles de journaux et autres, met persuadent que si je me trouvais parmi ce peuple, dans ces belles contrées, *ne manquant de rien*, aimée, chérie, honorée, je n'aurais pas grande peine à me laisser aller à des vertus qui feraient mon bonheur, qui ne seraient point en pure perte, puisqu'on m'en tiendrait compte; je ne serais alors entourée que de bonnes gens, d'honnêtes gens, au lieu de fourbes et de méchans.

Gardez votre faste, monsieur le feseur d'articles du Journal des Débats, vos richesses, puisque vous les avez acquises; elles sont bien à vous, et assurément je ne vous les envie pas; je consens que vous ayez 15, 20 louis à dépenser par jour, moins si vous pouvez vous en contenter; mais permettez que j'aspire à un demi-louis, que je saurai gagner par un travail qui, quoique chétif, vaudra bien le vôtre, et qui ne sera pas aussi magnifiquement payé. L'égalité est un rêve creux : voyez comme tout est abusif !

Vos lauriers se faneront; vous ne les cueillez pas sur

l'arbre de l'immortalité ; c'est sans envie que je vous le dis ; je ne fais pas de vers moi, et quand j'en ferais, je ne serais pas pour cela jalouse de ceux que feraient les autres ; je fais comme mes antagonistes, du fatras en prose ; le mérite ne m'offusque pourtant pas, comme je le dis plus haut, je le prise, je le chéris, je l'admire ; je passe volontiers l'éponge sur les défauts de ceux qui ont de grandes vertus, de grandes qualités, et qui joignent à cela de grands malheurs, provenant d'odieuses persécutions. Ce n'est pas là votre système ; aussi êtes-vous devenu riche et moi devenue pauvre ; vous venez de me donner votre mesure ; je sais à quoi m'en tenir ; votre marche est toute d'or. *Or sur or, bords d'or, brodé d'or*, tout ce qui brille.

Avez-vous une femme, monsieur ; je l'ai oui-dire ; elle m'est aussi très-inconnue ; je ne prétends pas pour cela la dénigrer, Dieu m'en préserve ! elle est sans doute intéressante ; puis elle est femme, ce qui est plus que suffisant pour être respectée, ménagée ; c'est, comme vous savez, le sexe faible ; si elle était veuve, elle serait sacrée, quand même il vous aurait plu, par quelque travers d'esprit, d'oublier vos devoirs envers elle : serais-je pour cela dispensée de remplir les miens ? Non, ils doubleraient alors.

Monsieur, je n'aime pas qu'on se prévale des circonstances malheureuses pour abuser ; je n'aime pas non plus qu'on altère les faits ; puisqu'il y a si peu de vérités, respectons au moins les faits.

Avez-vous jamais entendu parler d'un certain Carnéades, un des plus beaux génies qu'ait produit la Grèce ; il fonda la troisième académie, qui différait peu de la seconde, dont Arcésilas avait été le fondateur (ces gens - là vous sont peut-être aussi inconnus que madame de Rivarol). En effet, à quelques adoucissemens près, qui n'étaient propres *qu'à jeter de la poudre aux yeux*, Carnéades défendit l'incertitude aussi ardemment qu'Arcésilas ; et quand au dogme de l'*incompréhensibilité*, il poussa les choses aussi loin que lui : il n'admettait que des *probabilités* pour l'usage de la vie ; et du reste il ne croyait point qu'il y eût quelque *certitude* ou quelque *évidence*.

Carnéades travailla de toutes ses forces à renverser la coutume d'acquiescer *à ce qui n'est pas évident*. On disait que cette entreprise était un travail d'Hercule ; l'on eût pu ajouter qu'Hercule fût venu à bout plus aisément de deux mille monstres, chacun aussi redoutable que l'hydre de Lerne ou le lion de Némée, qu'Arcésilas ni Carnéades, n'auraient assujéti l'homme à n'opiner pas ; c'est-à-dire, à n'acquiescer à rien, qui n'eût été amené à l'évidence par la voie de discussion.

Vous ne cessez d'opiner du bonnet, et vous n'êtes pas toujours bien sûr de l'évidence de vos faits.

J'en reste là quant au chapitre des vérités ; ceci serait une affaire de trop longue haleine, et demanderait une discussion à laquelle je ne suis ni préparée, ni disposée.

Posons en fait qu'il soit évident qu'on doive donner, à vous homme riche, 12 mille francs par an, qui seront pour vous une bagne au doigt, pour faire des riens, pourquoi ne prouveriez – vous pas, avec la même évidence, qu'on doit m'en donner le quart, à moi qui meurt de faim, pour ne rien faire. Sophisme pour sophisme, monsieur, j'aime mieux que vous vous en permettiez à mon avantage qu'à mon détriment. Ai-je si grand tort? Il est de fait qu'on vous croit des droits : pourquoi faut-il qu'on ne m'en suppose aucun, et qu'on veuille, de plus, me ravir le denier de la veuve ?

Vous m'avouerez que vos droits, si bien établis, et les miens, si cruellement annulés, sont un singulier galimathias, et que si vous trouvez de l'espèce humaine avec qui tout cela passe, c'est bien là le cas du dogme de *l'incompréhensibilité.*